사랑은 왕복 차선이 필요해

사랑은 왕복 차선이 필요해

민금애 시집

도화

8년 전에 장편소설을 겁 없이 출간했다. 그때 출간된 책을 보며 흐뭇하기도 하고 부끄럽기도 한 묘한 기분이 들었다.

늪에 빠지는 듯한 두려움이 처음엔 나를 지배했다. 그런데 시간이 갈수록 스스로 자랑스러워진 것이다. 그리고 다독거렸다.

민금애 너 괜찮은 글쟁이야 라고.

누가 뭐래도 그 소설을 쓰고자 나는 최선을 다했다는 자부심.

그리고 긴 시간을 보냈다.

어느 강의에서 교수님이 말씀하시기를, 자신의 작품을 졸작이라 비하하지 말아라. 맞는 말이다.

한 줄의 글을 쓰기 위해 얼마나 많은 시간을 머리 痛을 앓았는지.

8년이라는 시간을 틈틈이 글쓰기로 보내다 다시 용기를 내본다.

그것도 과감하게 시집을.

컴퓨터에 들어있는 글은 혼자만의 낙서다. 밖으로 내놓아 누군가가 읽어야 작품이란다. 선배님의 매서운 회초리에 놀라 용기는 냈지만, 여전히 가슴이 떨린다.

코로나로 일 년 이상 답보상태. 무엇인가 나를 위해서도 획기적인 변화가 필요했다. 이 변화의 무기로 과감하게 시집 출간을 택했다.

삶은 그렇더라. 희로애락의 불규칙적 반복. 좋을 때는 모르고 넘어가는데 힘들 때는 글을 쓰면 날뛰던 모든 감정이 잠잠해지더라.

틈틈이 적어놓은 삶의 애환을 모아 시라는 이름으로 출간한다,

그저 보시는 분이 예쁘게 느껴주시기만 바랄 뿐,

차 례

제2부 _ 그리움

제1부
인생

소한 이놈

소한 이놈
네 아무리 춥다 한들 내 맘보다 추울쏜가
북풍한설 몰고 와서 세상을 짓누르고
용트림에 발버둥을 친들 그 임 오면 사라질 뿐

소한 이놈
동백꽃 터지면 매화도 뒤질세라
춘풍 따라 임의 소리 멀리서 들려오면
추위도 화무십일홍 우긴다고 비껴가나

소한 이놈
메뚜기도 한 때란다 어디 한번 두고 보자
잠시 머무르다 서둘러 쫓겨갈 쪼빡 신세
이놈아. 미련 같은 것 두지 말고 어서어서 떠나거라

2월에

세월에 무거운 추를 달끄나
아니면 달리는 말을 묶어 둘끄나
봄이 저만치서 눈웃음치며 손짓하길래
덥석 잡고 보니 겨울 꼬랑지
손안에서 떨고 있는 얼음 마음
눈부신 햇볕 속에서 송곳 같은 바람이
허허하는 가슴에 무섭게 다가오네

케케묵은 정이 선반에서 먼지 덮고 자고 있길래
밤새 갈고 닦아 새 정을 만드니
새록새록 알콩달콩 맛이 꿀맛이라
봄 처녀 온다기에 목욕재계하고 기다린다고 하니
여자라서 싫다니 어찌하나
아무래도 당신이 대신 봄처녀 맞아 운우지정 나누
시구려

호숫가에서 봄이 놀고 있길래

같이 놀자 애원해도 역시 싫대요

하느님께 억지 써 봄 총각 보내달라 떼쓸라요

목련 봄

목련꽃 그늘 아래서 편지 읽던 소녀 할미 되어
시절에 대한 그리움으로 잠 못 이루니
하느님도 같이 애달파
비 뿌려 그리움 씻어내리네
그러나 미련하신 하느님
빗물에 씻길 그리움이면
애당초 생기지도 않았다오

빗소리에 놀라 후다닥 잠 깨니
짝 찾는 벌레울음 아스라이 들리고
빗소리에 놀란 나뭇잎 떠는 소리가
그나마 남은 잠 훔쳐 도망가니
이 새벽 보낼 일 또 걱정이라
에라, 뜬눈으로 아침 맞아
하느님 볼기짝이라도 때릴까

가녀린 나뭇가지 움츠리고 떠는데

돋아난 새싹은 기세등등이라

성난 비는 우르릉 쾅

미련하신 하느님

당신 화풀이 새싹에게 하지 말고

갈 줄만 아는 세월에게 해주시구려

그래야 놀란 세월 자빠져 쉬어가지 않을지요

봄날 이야기

봄날 아지랑이 같이 놀자 눈웃음치지만
호숫가의 얼음은 아직도 겨울이야
맨발의 오리는 춥지도 않은지
차가운 물속에서 자맥질 계속이네
얼음장 밑에선 봄노래가 한창

먼 산 아지랑이 웃으며 춤추지만
응달의 눈은 겨울 사추리 잡고 늘어지네
늘어진 가지에 홀로 개나리 하나
봄인 줄 알고 가까이 다가가니
아이가 끼워둔 색종이 조각이네

아무리 웃은들

아무리 웃은들 세월 그림자 가득하니
새봄에 웃고 나오는 꽃보다 예쁘려나
부질없는 희망에 먹먹한 가슴

여인의 가슴은 사철 엄동설한인데
멀리 있는 그님이 훈김이라도 보내주면
동토의 왕국에도 꽃이 피지 않으려나

냉이 웃는다고 봄이라 착각 말고
얼굴 내민 쑥 향기에 봄 왔다고 속지 말게
아직도 바람끝은 겨울 냄새 가득일세

태풍이 다녀가고

비켜 간 태풍은 정말 지나가버렸는지
밤새 자지 않고 서울을 지켜준 불침번 빗소리
하늘에 대신 울어달라 부탁하지 않았거늘
어젯밤부터 줄창이네

아침에 삐끔히 해님이 얼굴 내밀기에
오래 숨지 말라 간절히 부탁했거늘
슬그머니 다가온 검은 구름의 심술에
꼬리 감춘 해는 어디를 헤매는가

제발 그만 오라 비님에 사정하건만
구름에 숨어 히죽거리는 빗줄기들
하늘과 땅을 연결하는 유일한 것이라서
저리도 오만불손이랑가
내 가위로 빗줄기 자르고자 하노라.
그리고 꼿꼿이 서 있는 빗줄기 위에
그리움 원망 모두 뭉쳐 올려놓을 것이야

孤

암자의 풍경소리 고즈넉하고

멀리서 부는 바람은 오늘도 여전하건만

날 두고 가버린 청춘은 어디를 헤매는지

이 풍경소리 들리걸랑 다시 한 번만 돌아오시게나

내 너를 맞으면 비단 이불에 고이 싸서

이번에는 날 떠나지 않게

선반에 올려놓고 신주처럼 모시리다

장기놀이

가는 길은 다르지만 갈 곳은 한 곳
넘어가는 고개包는 다리 아파 빼버리고
앞만 보고 가는車 길은 전쟁 중 최악이라
象 따라 구불구불
馬 따라 약간 비틀
楚나라도 漢나라도
내 나라는 아니로다
천천히 가는 卒,土도 가끔은 쓸모가 있어

훈수하는 행인은 뺨 맞기 십상
개평으로 마신 술로 전신은 노글노글
투전판 법칙은 누가 만든 악법인가

술이라 하오

한 잔 술에 웃음 안주 또 한 잔에 시름 안주
덧없는 인생에 술보다 좋은 벗 없더라
약간 취함에 생각은 무릉도원이어라

감히 누가 이 기분을 싫음으로 뿌리치랴
가끔은 술에 녹아 인생을 논하려면
그래도 살만한 게 인생이라 모두 입방아

석 잔을 찾았더니 천국이 눈앞이더라
계속되던 적막강산에 임의 손 잡히니
고약한 쓸쓸함이 냅다 도망가더라

겨울 강

얇게 언 얼음 위에 눈이 머물고
살얼음이 가장자리로 밀려나는데
흘러가고 싶지 않은 세월이 얼음 되어
곁에서 바보처럼 서성이네

얼음장 밑 강물은 세월처럼 쉬지 않고 흐르는데
곁에 머물기 바라는 마음이 혹시 남아 있으면
얼음에 세월과 같이 얼려 묶어 두리다
그렇게라도 잡아두고 싶은 그 사람 마음
그리고 세월

그늘의 잎새에 숨어 있는 눈가루
얼음 위에서 녹을 줄 모르는 눈에게
눈웃음치며 동무하자 충동질하네

안개 뿜어대던 겨울 강은
뒤늦게 나온 강렬한 햇빛에 은빛 물결로 출렁이고

찢긴 얼음 사이로 보이는 무심한 세월은
얼음더러 얼른 녹아 같이 가자 재촉하건만
응달이 보내기 싫은 마음 알고 얼음을 붙들고 있네

갈대는 민얼굴로 바람과 싸우고
앙상한 가지는 바람 피하고자 흔들건만
속 빈 대나무는 기세등등
소나무와 기싸움을 하느라 열심이네
밤이면 오색 찬연한 도시를
거꾸로 매달아 놓은 곳
겨울 강은 그렇게 추위와 놀고 있네

거울 앞에서

어느 날 눈 마주친 거울 속에서
얼굴에 나타난 인생 훈장을 보니
덧없이 보낸 세월이 회한으로 다가오네

날 두고 가버린 청춘의 흔적이라도 잡을 양으로
허공 향해 손 저으니 집히는 것은 공허뿐

무심코 보낸 세월 아쉽다 칭얼댄들
돌아올 리 없으니
오는 세월 반갑게 맞아
날마다 추억 되새기며 웃으며 보내려오

흐르는 구름에 모든 시름과 같이 떠나보내고
화사한 봄날 햇볕 아래서
꽃처럼 백치 웃음 짓고 살래요

嘆歌

겨울날 불어대는 찬바람을 탓하며 살끄나
살포시 날리는 눈발에 가슴 떨며 살끄나

봄날 달콤한 새싹 내음에 취해 살끄나
날 선 꽃샘추위를 원망하며 살끄나

여름날 염천에 염한을 탓하고 살끄나
지루한 장마를 눈 흘기며 살끄나

가을날 화려함 속의 허무함을 만지며 살끄나
텅 빈 들판을 같이 외로워하며 살끄나

이래저래 힘든 세상 넋 내리고 살아볼라 치니
덧없는 인생살이 괴물보다 무섭구나

아 천안함

망망대해 천안함 힘차게 나가더니
용왕님의 시샘으로 반쪽만 돌아왔네
남은 사람 슬픈 마음 무엇으로 달래나
누가 만든 이별인가 대답 없는 물음일세

마흔여섯 끓는 혈기 바닷물에 녹아드니
하늘 날던 갈매기가 갈 길 멈추고 우는구나
이보시오 용왕님 죄 없는 사람 잡지 말고
국민 혈세로 배 채우고 기만한 놈 잡아가소

여기저기 구린냄새 금수강산 흠집 내니
산이 울고 강도 울고 하늘조차 울어대네
사월 춘풍 도망가고 여인 서리 계속이야
어머니도 여인이고 마누라도 여인이오

산호가 예쁜 들 앞산 진달래만 못하고
거꾸로 매달려도 이승이 좋다우

액자 속 무공훈장 아무리 힘이 세도
님 그리는 우리 마음 어찌하지 못할거라

돌아오고 돌아오소 제발 제발 돌아오소
우리 소리 들리걸랑 귀촉도 상관 말고
용왕님 진수성찬 뿌리치고 돌아오소
임 그리는 마음 헤아려 무조건 돌아오소

세월 이야기

이보시게 우리가 늙었나
아니 우린 그대로고
세월이란 녀석이 지나간 거야
그렇다면 세월을 잡아두지 그랬나
이 사람아
세월이 눈에 보이면 진즉 잡았지
그러나 세월을 잡아 놓으면 그 지루함을 어찌 하려고
세월이 눈에 보이면 상대적으로 우리는 보이지 않을걸
그건 아닐세
우리가 서로 볼 수 없다면
세월이 쉬고 있어도 아무짝에도 쓸모없어

세월아

이 세상에 세월처럼 잔인한 게 없더이다.
가는 세월 야속하고 잠긴 세월(호) 밉상이고
이래저래 우울한 게 세월이란 낱말이네

잡지 못할 가는 세월 건지기 힘든 잠긴 세월(호)
용쓰고 잡아봐도 재빠르게 가는 세월
겨우겨우 건져봐도 눈물뿐인 잠긴 세월(호)

세월아 말해다오. 울먹이는 견우와 직녀
가는 세월 웃고 있고 잠긴 세월(호) 울고 있어
가는 세월 명약이고 잠긴 세월(호) 독약이네

세월 따라 청춘가고 세월호에 생명 가니
바람 따라 세월이 가니 파도 속에 세월(호)잠겨
얄궂은 가는 세월 통곡하는 잠긴 세월(호)

모두에게 평등한 민주 세월 야속하고

오대양의 사고 세월(호) 편승자만 괴롭히네
부자에게 눈먼 돈 상납하다 죽은 세월(호)

말없이 인간 세상 동승하는 불변 세월
기관사 손놀림에 휘청이는 쇠붙이 세월(호)
세월도 세월 나름 같은 세월 아니라오.

시종일관 변함없이 앞만 보고 가는 세월
이곳저곳 들쑤시다 사람 죽인 악마 세월(호)
날마다 다른 이유 변명 일색 잠긴 세월(호)

무심한 그 세월에 우리 인생 슬퍼하고
바닷속 바보 세월(호)에 날마다 통곡하는
중생의 서러움을 염라대왕은 알려나

모래판 기 싸움

하늘 향해 뻗은 손에 봄이 잡히니
논두렁 밭두렁에서 작은 싹들이 얼굴 내밀고
봄 안갠가 물안갠가 그들을 품고 희롱하니
먼 산 아지랑이가 질투의 여신 되어
양지쪽에 눌러 쉬는 햇살에 이르기를
저기 달아나는 겨울 잡아 꿇어 앉히라네

헐레벌떡 놀란 해가 일어서다 넘어지니
꽁지 빼고 달아나던 겨울이 히죽거리며 하는 말
바위틈에 숨어 있는 꽃샘추위와
오뉴월 장독 깰 여인의 한도 내 그림자라
가다 화나면 언제든 뒤돌아 올 테니
다시 안 볼 듯 내치지 말라 엄포하네

놀란 봄이 연분홍 치마끈 풀어놓고
임 맞을 준비 하려다 혼비백산하여
같이 동여맨 것이 하필 겨울 허리라

질펀한 모래톱에 겨울 봄이 엉겨 붙어
홍사바가 봄이란가 청사바가 봄이란가
이기고 지는 것은 진인사대천명이라
지랄 같은 기 싸움에 멍든 것은 어린 새싹

떡메

포근한 봄날
양지바른 동네 공원
사람들의 환호 속에 열린 척사대회
우리 가락의 흥겨운 연주가 흥을 돋우고
모여드는 사람들의 웃음이 해맑아라

사물은 제각기 자기 소리 내느라 열심이고
상모 돌리는 허연 사람의 익살이 정겹기 그지없어
주름투성이 얼굴에 나름대로 긍지가 보이고
흥겨운 엉덩이춤이 새삼 어깨를 들썩인다오
사뿐히 내딛는 발걸음이 예사롭지 않아
온갖 익살 더덕더덕 이 노릇을 어째
달아나는 배꼽 잡고자 하니
바람이 나뭇가지 흔들며 웃고 지나가네

떡판 위의 익은 찹쌀이 엄살도 없이
엉겨 붙고자 안달하고 있어

내려앉은 떡메가 잠시 미끈거리니
알 수 없는 웃음에 비둘기가 놀라네
하나 하고 젖히는 떡메지기 제스처에
몸 가운데 불끈 솟은 주책없는 살송곳
호들갑으로 응수하는 할머니의 주책에
주위는 웃음 천국 되었다오

모락모락 김 뿜어내는 인절미에
온갖 시름이 흐물흐물
막걸리 구수함에 전신이 흔들거리고
농 진한 잡소리가 척사대회 절정이라
개 걸 윷 모 아무려면 어떠랴
이긴 편 진 편 모두가 즐거운 날
때로는 혼자 운 좋으면 네쌍둥이
함께 달리는 말판은 요술 천국임이야

대보름 맞이 척사대회라네

새벽 단상

새벽잠 잡아먹는
귀신이 내게 붙어
잠 도망간 자리에
외로움 밀어 넣고
먼 산 불구경하듯
허허 껄껄 고약타

감기와의 전쟁

겨울만 되면 감기와 힘겨루기
승자도 패자도 없는 질긴 싸움
결국은 훈풍 와야 끝나는데
그놈의 봄 느리기가 거북이 사촌일세

공양미 삼백 석에 물에 빠진 심청 아씨
인당수 성난 파도 감기보다 덜 할지니
아버지 눈 제치고 용왕님도 나중에 알현하고
지겨운 내 감기를 우선으로 쫓아내주구려

번뇌

이 번뇌 사라지면
다른 번뇌 들어오고
다른 번뇌 쫓아내면
또 다른 번뇌 들어오니
어차피 인생이란 것이
번뇌번뇌 번뇌로다

비 소식이 들린 날

포근한 봄날
겨울 가는 소리가
귀 밑에서 들리니
어디선가 봄이 오는 소리도 가늘게 들리네

꽁꽁 언 땅은 비 소식에 환호하고
겨울잠 즐기던 식물 뿌리는 입 벌리고 헤헤헤
응달에 숨은 겨울 떠날 준비 서두르느라
흘린 눈물이 비보다 먼저 대지를 적시니
가는 세월의 덧없는 한숨을 어찌하랴?

비 님이 가실 때는
모든 시름 외로움 부디 쓸고 가시라고
달빛 아래 장독대 위에
정화수 떠 놓고 손바닥 비빌라요

모든 정성 다 불러 모아 달한테 소리치려오

달이 놀라 넘어지면 해한테

해가 놀라 자빠지면 별한테 다시

무수한 밤하늘 별들조차 놀라 사라지면

날마다 별똥별 만들어

내 마음 동무 삼아

하늘에서 떠돌라 이를라요

설날 이야기

명절에도 안 가면 고향이 울까 염려되어

불원천리 달려가도 반기는 이 없구나

추억도 희망도 추억에 휩쓸려

모두가 떠나버린 고향은 적막강산

세월 따라 찔레꽃 이고 서성이니

북망산천이 어느새 코 앞이라

무임승차 빈털터리 반기는 곳은 오직 거기

30년 만 기다리라 호통치고 웃었다오

가신 님들 불러오랴 차례상은 현란한데

기다린 님은 올 줄 모르고 아이들만 천국이네

겨울 풍경

까치집 두 채가 제 세상인 양
하얀 하늘을 찌르고 나뭇가지에 붙어
바람 따라 흐느적흐느적
무성한 호시절 추억으로 포장하고
눈만 뒤집어쓰고 오들오들 떨고 있어
기차, 자동차 소리도 정답다고
바람이 찾아오면 함께 춤추는 겨울나무
지난여름 강바람에 대한 그리움에
설한풍에도 이리도 친절한가

하얀 눈 검은 나무 흰 하늘이 어우러진 바깥 풍경
멀리 차가운 냄새 풍기는 강물은
무정하게 세월 보내고 서럽다 멍들어 그 빛깔인가

서리 허옇게 내린 아침
서리꽃 만발한 나무
내 머리 서리에 얼얼한 가슴통

자연이 그린 오묘한 아름다움에 놀라 자빠질 뻔

어제부터 자욱한 안개
저놈의 안개는 해가 떠도 없어지지 않는 것이
세월이 가도 맑아지지 않는
지난 시절에 대한 그리움이라

서리맞은 바위옷이 초록빛 유혹의 웃음 흘리니
세월과 생각의 늪에 빠져 허우적이라
인생은 어차피 늪이라니
미친 척 빠져들어 허우적거리다
달아나는 세월 따라 그냥 나도 가야지

만약에

만약에 여름이 가지 않겠다고
으름장 놓으면
나는 그리하리다
너만 혼자 멈추지 않고
우리네 세월도 멈춘다면
버선발로 달려 나가
넙죽 절하고 반기리다
그리고 열대야 횡포도
후덥지근한 장마의 고약한 심술도
감지덕지 할 것이야
제발 그리할 수만 있다면
그리해다오 사정하리다

이놈 저놈

이놈 저놈 다 보아도 쓸모있는 놈 없어
궁여지책 뽑고 보니 이번에는 치마일세
까짓거 살림 늘려줌 여성인들 어떠리

미소 속에 숨은 야심 종일토록 더듬더듬
수많은 국민 염원 선별하여 수용하사
민심은 천심이라오 허튼수작 하지 말소

조상님 은덕이니 겸손 지심 잊지 말고
아비 실정 덮지 말고 교훈 삼아 치세하고
가신들 덤벙대거든 미련 없이 자르소

선거

속 빈 강정이 대나무 닮겠다 으르렁대나
강정의 빈 속이 대나무 속과 같을 리 없네
그런데 어중이떠중이들은 그것을 모르고
서로 잘났다고 이리들 안달질이네

너 죽고 나만 살란다고 나대는 소인배들
이놈저놈 서로 잘났다고 설치는 꼬락서니
하느님 당신 혜안으로 쓸만한 사람 점지하시어
멋모르고 비틀대는 민심일랑 잡아주소
갈 길 몰라 허둥대는 민심 좀 이끌어주소

북쪽 철부지가 핵미사일 쏘고 시시덕거려도
고속도로에서 흐느적거리는 덤덤한 민심
전쟁의 처참한 흔적조차 가물거리네
반공도 멸공도 이제는 뒤안길이라
백두산이 휴화산이듯 전쟁도 휴전인 나라

양심 도덕 무소유 자들이 득시글거리는 곳

여의도 하얀 집 넘나드는 사람들에게

당분간 넓죽한 절 받을 생각 하니 허허라

거드름 만들어 마음껏 피울라치니

남 없는 맑은 양심이 선언하겠다 으름장

말복과 입추

말복과 입추가 박터지게 한판 대결하는데
누구 힘이 강한지는 오리무중일세
가을이 멀리서 헤실거리면 다가오는데
여름이 아직은 아니라고 으름장이야

여름은 싫지만 가을은 더 싫어
자석도 같은 극끼리 밀어내듯이
처지가 인생 가을이라 그리한가 보네

겨울도 아직 길다고 스스로 위로해보지만
거리를 헤매는 낙엽을 보는 서글픈 마음보다는
시간 잡고 늘어지는 여름이 더 좋아

세월

찬바람 동무 삼아 달려가는 세월 제치고
따뜻한 마음 품고 천천히 살리라
아무리 게으름 피워도 어차피
나 떨구고 가지 않을 세월
세월에 수면제 먹여 잠이라도 자라고 할까 보다
이니면 냉동실에 넣어 꽁꽁 얼러버릴까

인생

한해의 끝자락에 서서 서성거리는 인생
인생이란 그런 거라네
달마다 어딘가에서 서성거리는 것
그러다 지나가는 누군가를 만나
웃음 한 조각 주고받다 이별 한 방울 받아먹고
기뻐하다 슬퍼하다를 반복하는 것

깊어가는 수심도 결국은 물거품
물거품 찾고자 날마다 몸부림치는 인간
사랑이나 이별도 홍역이나 천연두처럼
일생 한 번이면 오죽 좋으리오마는
부처의 인연으로 반복 또 반복이니
슬픔 견디지 못한 인간들이
날마다 아우성치니 세상은 시끄럽기 그지없어
남은 사랑 주어진 시간
섬섬옥수에 받아 요긴하게 쓰리

종로 3가

가로등 불빛 아래 현란한 무지갯빛 연무
어찌 보니 안개려나 손바닥에 받아보니
알 수 없는 차가움에 움츠러진 마음
서울의 종로 3가는 우리들 천국

여기저기 은빛 머리칼 이고 서성이는 사람들
그 속에 나 있어 서글프기 딱 일세
솔 한 잔에 웃음 안주 또 한 잔에 노래 안주
갈 곳 몰라 허둥대는 늦가을의 초조함
술에 취한 남자의 비틀거리는 마음속에
세상 향한 회한이 분수처럼 솟고 있네

찔레꽃 듬성듬성 악사의 감미로운 색소폰 가락 속
에
젊은 시절의 꿈이 요동치는데
흔들리는 군중의 뜨거운 환호가 허리와 같이 출렁
이니

그 순간만은 세상이 무릉도원이더라

주름 속에 숨은 마음 세월에 멍든 가슴
희뿌연 연무 속으로 스며드니
두꺼운 옷 걸친 해가 간혹 얼굴 보이며 웃고 있네
구름이 해를 심술궂게 휘감고 놓아주지 않는 게
그 사람 내 맘 훔치고 눈 가리고 아웅 하는 꼴
어쩌다 내민 해님 쳐다보기 힘들고
어쩌다 마주친 님 무심하기 그지없네

품위

품위 있는 저 남자 알고 보니 주정뱅이

품위 있는 저 여자 알고 보니 사기꾼

폼생폼사에 목숨 건 사람치고 올바른 사람 없어

허례허식에 목숨을 건 사람치고 실속있는 사람 없어

옥에 티인지 티 속에 옥인가

아무리 생각해도 오를 일

네가 나를 모르는데 난들 너를 알겠는가

김국한의 타타타가 오늘도 심금을 울리네

아 세월호

어찌하여 서해는 이리 자주 원혼을 만드나
심 봉사 눈뜨고 심청이 왕비된 것에 대한 질투인가?
인재냐 천재냐 따진들 무엇하나
이미 원혼 되어 갈매기랑 떠도는 원혼들
꽃다운 청춘에 꿈을 안고 오른 배가
제주가 아니고 저승행인 줄 뉘 알았으랴
넘실대는 파도는 누구의 노함인가
안전불감증이 만든 기막힌 대형 사고
선거철만 되면 먹음직스러운 메뉴로 둔갑하여
맑은 정신 탁하게 하네

정확하지 않은 정보로 국민 우롱하는 자
그들을 처벌할 법 조항은 없는가
눈 씻고 찾아봐도 그런 조항 없다네
사고 공화국이란 불명예가 다시 고개 드네
현지 찾는 모리배들 표정은 가관이라
어부지리로 얼굴 알리기 위한 어눌한 태도

하늘의 노함은 비 되어 흐르고
바다의 성냄은 질풍노도 만드니
이 애달픔을 어찌 다스리나

산 자는 아프고 죽은 자는 말이 없어
사고 만든 자는 옹색한 변명 초지일관
궁색한 방송국 모든 프로 제치고
재방송 재 재방송으로 국민정신 흐리네
네 죄냐 내 죄냐 따지지 말게나
언제나 소 잃고 외양간 고치는 탁상공론이
오늘도 날개 달고 온 세상 활보 중

어른잔치

호수의 철쭉이 요란히 부르길래
더위 뚫고 달려가
어른잔치 보았네
우리나라 좋은 나라
노인들의 천국이네
나이더러 후진하라니
그런 장치 없다네

친구여

안주를 시름으로 우리 한 잔 할까
시름인지 그리움인지 안주는 딱 맞춤
술 취한 세월이 헛디디어
일 년 전으로 돌아가면
우리 환하게 웃을 것인데
그리움이 하늘 높은 줄 모르고 웃자라면
우리가 순을 잘라줘야 하지
밟아서 자를까
낫으로 벨까

태풍 온다네

무엇이 오겠다고 이리 울상이란가
태풍이 올라치면 웃고나 오지
오기도 전에 우거지상이면 누가 좋아해
이래저래 힘든 살림 그나마 버티는데
그것도 밉상이라 이리 성화람

가을 온다기에 맨발로 맞이하니
장마 껴안고 오니 정말 죽을 맛
떠난 임도 울상이면 반길 둥 말 둥 한데
누가 반긴다고 종일 우거지상
빌어먹을 태풍 누가 반긴다고
이렇게 릴레이 하나 묻고 싶어

들판의 벼도 영글라면 한참인데
이년의 태풍더러 순하라 여자 이름 붙이는데
남자 이름 달라고 이리 극성인가
여물지 못한 열매들 오들오들 떨고 있는데

히죽거리며 다가오는 태풍

내 너를 잡아 주리를 틀까 보다

아니면 사내 하나 물어주랴 타협하랴

어차피 인간사 음양의 이치라니

너의 부숴버리고 싶은 욕망을 잠재울 사내 하나 찾
아주랴

아니면 모성을 자극할 간난이를 점지하랴(2012년)

물과 사람의 차이

물은 담는 그릇에 따라 모양이 달라지고
사람은 걸친 직위에 따라 처세와 대접이 달라지니
물은 본질은 변하지 않는데 사람은 변하니
물보다 못한 것이 사람인가 하노라

물은 세월 안고 말없이 장애물 피해 흘러가는데
사람은 세월 잡고 욕심부리고 징징거리며
온갖 바보짓 찾아가며 행하고 있으니
물보다 못한 것이 사람인가 하노라

물은 모든 것을 정화시키는 재주가 있는데
사람은 여러 가지를 오염시키는 재주가 탁월하여
세상을 화나게 해서 재앙을 부르니
물보다 못한 것이 사람인가 하노라

물은 열을 가하면 뜨거워 내장을 다스릴 줄 아는데
사람은 열을 받으면 세 치 혀가 무기가 되어

주위 사람을 괴롭히는 어리석은 고약함이 있으니

물보다 못한 것이 사람인가 하노라

밤의 노래

잡기도 지키기도 힘든 것이
늘 흔들리고 멋대로 달아나는 것
행복의 지름길은 자신의 마음을 다스리는 데 있다고
한 곳에 머물지 않는 바람
수시로 변하는 구름이 사람의 마음
바람과 구름의 변덕을 어찌 막으랴

어쩐지 잠이 오지 못하는 밤
시시콜콜 노닥거릴 사람 없어
허공에 마음 던지니
밤새 길거리 헤매다 지치면 돌아오리다

빌어먹을 마음 엿하고 바꾸려 해도
흰 고무신보다 못한 게 사람 마음이라고
한사코 거절하니 이를 어쩐다

우는 기쁨을 웃는 슬픔으로 바꾸려 해도

기쁨도 슬픔도 죽은 강고집이니
오늘도 냉가슴으로 아침 맞을 일이
죽기만큼 어렵다고 징징거려

도도하게 흐르는 세월 탓하지 말고
우리가 더 도도하게 흐른다면
세월이 우리더러 봐달라고 엄살일 거외다.
인연도 우연도 우리가 만든 것이
웃음으로 만든 인연 행복 꽃 피고
이기심을 만든 인연 서릿발 키움이라

파크골프 이념

그넘의 공
아무리 두들겨도 말 듣지 않고 멋대로 하는 짓이
내 마음 모른 체하는 그 사람 꼴
그렇다고 놓을 수 없는 호기심은 어찌할 거나
말 들을 듯 말 듯 한 몸짓으로 사람 현혹하고
방망이 휘두르면 어느새 딴전이라
어떤 넘 방망이는 꿀 방망이고
어떤 년 방망이는 금계랍 방망인가

조금 실수하면 버디에
봉사 문고리 잡기 홀인원에 속아
전전긍긍 헤매는 내 꼴이 어이없어라
이리 봐도 저리 봐도 사랑은 내 사랑인데
이리 할끄나 저리 할끄나 궁리한 듯
답 없는 파크골프공 두들기면 무얼 해
마냥 보기 더블보기 트리플 보기라
이글이나 알바트로스는 영원한 먼 산의 불이려나

두고 봐라

며칠 지나면 사정없이 두들길 것이야

내 마음 모르쇠 하는 님이라 생각하면 정확히 맞
추리다

보내기 싫은 세월이라 생각해도 제대로 맞추리다

목석같은 임에게 이리 매달리면 마음 열어주려나

도무지 알 수 없는 공의 속내

도무지 알 수 없는 님의 속내

두고 봐라 언젠가는 나도 33타 머무를 것이야

눈 없기는 공이나 살송곳이나 마찬가지

살송곳은 구멍만 느껴지면 캄캄한 밤에도 잘도 찾
아가는데

이넘의 공은 백주에 매 맞아도 정신 못 차리고 헤
실거리며

러프 벙커 해저드 분별없이 드나드는 불한당이라

살송곳은 오직 한곳이라 분별 있는 상-양반

제발 파만 돼주시라 아무리 기도해도

무심한 공은 들은 채 만 채라

하는 짓이 꼭 무심한 그 사람 꼴

오호 통재라

충주 파크골프장 원정기

남한강 푸른 물에 그리움을 띄워놓고
공 만지고 놀라 치니 헛손질만 연거푸라
바위의 새 동상은 움직일 줄 모르는데
떠다니는 그리움은 요리조리 갈팡질팡

실수인가 실력인가 애매하기 끝없지만
에이홀의 육 번 홀이 정신없이 날 반기니
어찌 됐든 기분 좋은 홀인원에 웃음 가득
지나가던 소나기가 그 임만큼 반갑더라

양평구장 웅장함이 남정네를 연상하면
충주구장 오밀조밀 여인네의 모습이야.
이곳저곳 정성 흔적 오가는 이 마음잡아
다시 오마 기약하며 가는 시간 달렸다네

여기저기 제멋대로 떠다니던 구름은
흘깃흘깃 해 감추고 제멋대로 움직이네

구름 속에 숨은 해도 수줍다고 웃음 반짝
해를 품은 구름도 기쁘다고 덩더쿵

호수 속에 놀고 있는 석양 모습 찬란한데
밀려드는 쓸쓸함은 누가 만든 심술인가?
전지전능 신께 알현 해 두 개를 잡아달라
싹싹 빌고 기원해도 그냥 간다 고집인 해

손 뻗으면 잡힐듯한 붉은 해의 요염함은
황진이의 교태인가 성춘향의 절색인가?
장녹수의 농염인가 장희빈의 미색인가?
네 사람은 한데 세워 우열이나 가려보랴

갈길 바쁜 시간 놈이 해를 잡고 넘어가니
은근슬쩍 밤 황제가 온 세상을 지배하네
남한강 물줄기에 그리움 함께하고
태평 천지 유람하니 무릉도원 따로 없네

노을 파크골프장

울퉁불퉁 옛 모습은 여전하다 심술 천지
너무 길다 일 번 홀 언덕 넘기 힘들어
겨우 넘어 바라보니 모래밭이 어인 심술
짧다 하고 무시 마라 이 번 홀도 복병

삼 번 홀의 고약함도 놀부 심술 저리 가라
군데군데 모래 왕국 공 발목이 휘청휘청
휘어가라 사 번 홀은 할머니 등 닮았어
오 번 홀의 고약함은 팥쥐 어머니 심술인가
실력 좋다 오만 말고 실력 없다 무시 마라

오른쪽이 높다 해도 왼쪽 향한 눈먼 사랑
공의 생리 물의 생리 어찌 그리 똑 같단가
높은 데서 낮은 데로 흐를 줄만 알건마는
인간의 정 고약함은 거꾸로도 잘 솟더라

애당초 파크골프는 남정네 전용인지

각 홀마다 생김새가 여인의 몸 곡선이라
부드럽기 한없구나 무시하고 오르려니
일 번부터 고약하다 힘들기가 그 짓이네

겨우 올라 앞을 보니 아득하기 한이 없네
싫다 해도 마주하면 오르고픈 언덕배기
공만 가라 호령해도 같이 가재 죽을 지경
그렇지만 어쩐다냐 올라가야 천국인걸

인간사가 그렇다네 중용이라 말하지만
B 코스는 더 힘들다 한쪽 벽에 달라붙어
경사 따라 흘러가니 마냥 오비 천국이네
힘 조절 어려워서 무작정 올라가니 오비

내리막길 9번 홀의 기로 막는 술통 2개
멋모르고 올라가니 깊이 팬 고랑이라
여인네의 고랑이면 기쁨 제작 공장인데

어찌하여 그 고랑은 볼품없는 쇠붙이라
무덤덤한 내리막길 어찌 보면 고난 천국
볼품없는 저 능선은 남정네의 꼬락서니

멀리 보인 북한산의 수려함이 유혹해도
가지 못한 안타까움 공한테만 눈 돌리니
군데군데 야생화가 질투여신 사촌 되어
오가는 이 짜증 잡고 봄날 동산 휘저으네

회한

서둘러 나이 먹으니 후회가 앞을 가로막아
그동안의 세월에 회한만 가득하여라
이제라도 천천히 가라 세월에 종주먹대건만
무심한 세월은 항상 몇 발 앞서기만 하네

고생도 이제는 아름다운 이야기로 옷 갈아입으니
사람이 아닌 시절에 대한 그리움이 날마다 옥죄네
어느새 핀 찔레꽃이 이리도 만발이라
세월의 심술치곤 너무 가혹해서
촌지 주고 봐달라고 엎드려 사정해도
대쪽 같은 세월이 한결같이 뭉갬이네

제2부
그리움

님에게

야멸차게 뿌리치고 멀리 간 임이시여
훈풍 오면 돌아오라 학수고대 하고 있소
봄 처녀 치맛자락 어느새 코 앞인데
돌아올 기미 없으니 이 노릇은 어쩐다.

봄기운 선사해야 훈풍 안고 오시려나
삭풍에 설은 마음 달래주랴 간청하랴?
동지 기나긴 밤 그리움에 멍든 가슴
시퍼런 그 흉터를 뉘라서 달래주랴?

멀리 있는 당신 행여 날 찾아오다
밤길에 길 잃고 다른 년 못 찾아가게
오는 길 곳곳에 호롱불 밝혀놓을라요
행여 딴 년 생각 말고 불빛 따라 오시라오

생각

멀리 있는 당신 생각에 눈을 감으니
바로 앞에 보이는 당신의 환영
눈 뜨면 사라질 아픔이기에
차라리 심봉사에게 눈 주마고 불렀더니
그리되면 내 딸이 중전이 되지 못하니 싫다 하네
이놈의 심봉사 눈은 보지 못해도
권력에 대한 야심은 누구보다 크네
인지상정이라 누구를 탓하리오

나는 인어공주의 사랑에 한 표 던지고
모처럼 좋은 일 하고자 했건만
세상사 뜻대로 돌아가는게 하나도 없더라
눈 주마고 해도 받을 놈 없으니
그냥 달고 험한 세상 똑바로 보고 살라요

폭풍의 언덕에 서서

폭풍 몰아치는 겨울밤
아무리 불러도 멀리 간 여인은
대답할 줄 모르고
절규하는 야생마의 미친 울음은
언덕 위의 눈보라를 움켜쥐지만
잡히는 것은 밉살스러운 증오뿐

사랑에 목매달고 가버린 여인의 한
아무리 차가운들 눈보라에 비기랴
아무리 아픈들 떠나보내는 슬픔에 비기랴

오늘도 언덕은 사내 울음이 얼어
바람 따라 날리는 눈발로 변해
절규하는 사내 가슴 후벼파건만
잃어버린 사랑에 멍든 가슴은
녹을 줄 모르는 얼음 가슴이라

벚꽃 지는 날

비 맞아 벚꽃 내려앉은 날도
속없는 여인네 사내 가슴 파고드네
꽃이 진다고 그리움도 지랴
지는 꽃 서러움 안은 그리움은
사내 가슴 떠나지 않고
날마다 앙탈로 사내를 즐겁게 하리다

무정한 세월

임 그리다 잠들면
임은 꿈에 찾아오는데
바람 동무해 가버린 세월은
돌아올 줄 모르니
이정표 돌려세워
세월 가는 길목에 박으리

구애

함부로 정 달라고 경솔한 고백이나

주저하지 않고 은근슬쩍 정 덩어리 내준다면

좋은 인연 만들어 행복하게 살 것인데

세월은 재촉하지 않아도 잘 가는데

40년 전이라면 보채지 않을텐데

그때는 설익은 정도 체증 일으키지 않을거니

세월 따라 북망산천이 어느새 코 앞이라

아쉬운 후회로 눈탱이밤탱이 되기 싫어

마른 정 물 축여 달라고 떼쓰고 울어나 볼까

연서

오늘 벽두에 선잠에서 깨어나
솔바람 소리에 놀라 창문을 여니
길 떠났던 친구가 문 앞에 서 있네

차마 문을 두드리지 못하고 바라만 보는데
잠들지 않은 솔바람이 내 마음을 대신했네
들어오라 청해주면 어찌 반갑지 않을쏜가

창 너머 인기척이 행여 임이려나
콩닥콩닥 두근두근 주책없는 내 가슴
무심한 솔바람 소리 오늘도 여전하네

조밀한 솔가지를 비껴가지 못한 바람
살 에이는 설한풍에 한숨짓는 내 가슴
콩닥 두근 잠재우는 훈풍으로 덮어줄까

아무렴

살짝 노크만 하고 가버린 비
살짝 젖다 만 땅은 그래도 좋다네
아무렴 내가 당신 좋아한 것보다 더 할라고

젖은 땅에 새싹의 숨소리 요란한데
땅속 뿌리는 여전히 목마르다네
아무렴 당신에 목마른 내 갈증에 비하랴?

하얀 얼음 위에서 놀고 있는 검은 비둘기는
무엇을 찾겠다 저리 두리번거리나
아무렴 서울에서 당신 찾아 헤매는 어리석음에 견
주랴

마지막 마른 몸뚱이가 싹둑 잘리는 아픔에
갈대는 호숫가에서 요란하게 곡하는데
아무렴 그 아픔이 당신 그리는 내 마음보다 더하랴

이래저래 봄이 오락가락하는 날

먼 산 아지랑이 속의 희미한 봄 색이

아무렴 눈앞에 어른거리는 당신 모습에 비하랴

눈 내린 아침

눈 내린 아침
문 앞에 누군가 서성거린 흔적
지난 적막강산에 임이 날 보려고 왔다
불 꺼진 창 보고 행여 단잠 깨울세라
소리 없이 눈물 흘리고 가버린 흔적인가
구름은 보이지만 손에 잡히지 않고
바람도 소리만 요란한데 집히지 않으니
매정한 것은 임의 마음인가
아니면 구름인가 바람인가

눈 내린 아침
대문 앞 눈 치우고자 밖으로 나가니
수북이 쌓인 눈이 날 보고 손짓하네
이보시오, 제발 날 좀 그대로 두시라오
임의 발자국 지우려면 당신 마음 더 아플진대
서둘러 애써 흔적 지우지 말아요
행여 오늘 밤 흔적 찾아왔다가

없어진 발자국에 잊힌 줄 알고 돌아서면 어찌해요

임의 마음 매정타 말고 구름 잡아 쥐고

바람 춥다 보내지 말고 문고리에 걸어주오

그러면 그곳에 당신 향한 임의 마음 있을지도

겨울 아침 그림

눈 내린 아침
개구쟁이 소년은
개와 발자국 남기느라 들판을 뛰어다니고
미음 여린 소녀는 처마 밑에서 고드름 떨어지기만
기다리고
살짝 얼굴 내민 해는 찬바람 보고 웃기만

꽁꽁 언 아침
장독대 위에 쌓인 눈 보면서
나뭇가지에 피어있는 얼음꽃 보면서
주인아씨 마을 나들잇길 힘들까 가슴 조이는
달머슴 애타는 마음을 바람은 알아주려나

바람 부는 아침
바람결에 묻어온 임 소식이
감나무에 눌러앉은 까치 우는 소리와 노는 것을
보고

장작 쪼개는 달머슴 서러운
사랑이 도끼날에 찢겨 허공을 맴도네

도끼날에 찢겨 허공을 떠도는 사랑
주섬주섬 주워 담는 달머슴의 곱은 손
호호 불어 녹여줄 아가씨 입김

달머슴 짝사랑하는 아씨 마음 모르고
미련한 달머슴 헛 도끼질로 날 새니
애꿎은 통나무 아프다 엄살
지나가는 해님은 허허 너털웃음

외사랑

대문 앞 인기척에 놀란 가슴 쓸어안고
황망히 빗장 풀고 버선발로 나갔더니
임이 어둠 속에서 반갑다고 손 내밀어
꿈인가 생시인가 허벅지 꼬집으니
통증 없어 꿈이구나 허망해 돌아섰네

이리 푸대접하시려거든
처음부터 마음 주지 말 것이지
슬며시 샛문 열고 들어오라 종주먹대더니
막상 들어서니 몰라라 하심은
무슨 얄궂은 심보인지

안개처럼 가까이 있으면서도
잡고자 하면 잡히지 않아
흐린 시야로 이년은 제대로 앞도
못 보고 허둥대는데
도대체 어느 시점에서 안개 벗고

모습 보여줄라요

고장 난 사랑

사랑은 감정의 야합으로 생긴 아름다운 허구
슬며시 왔다가 홀연히 가는 사랑
느끼자마자 서둘러 멀리 가버린 사랑
잡고자 쫓아가니 흔적도 없어
고장 난 사랑 쫓아간들
돌아오는 것은 그리움이라

젖은 마음 화로에 말리고
허망한 그리움 바람에 날리리
죽어 다시 작은 꽃으로 피어난들
님의 눈에 띄지 않으면
그냥 피고 지는 덧없는 풀꽃 신세
이리저리 마음 흘리며
하세월 먹먹한 가슴
설은 언어로 채우리

임 따라 삼만리 길 떠났는데

가다가 손 놓치고 미아 되어

안내판 없는 미로 속에서

날마다 울며불며 헤매는 중

무정한 님은 손 내밀 줄 모르니

가는 길 헛디디어 발목이나 삐소서

돌아온 겨울

되돌아온 겨울을 내칠까 그만둘까
머리 싸매고 고민해도 뾰쪽한 답 없어
푸대접에 화내고 돌아온 겨울에
웃자니 속 뒤집히고 화내자니 일로일로

엊그제 만난 임은 다시 보면 좋으련만
시간은 보내고 몸만 온 겨울 누가 반겨
엉거주춤 치마 속으로 들어온 것이
임인 줄 알았더니 찬바람이더라

속적삼까지 스며든 찬바람이
그 사람 무심함과 사촌이라 으르렁대니
화가 난 戀心이 방망이 찾아 덤벙대
대책 없는 상황에 헛웃음 일색

볼귀 따귀 치려고 해도 보이지 않는 겨울바람
나를 보이지 않게 만들어 그 사람에게 보내주던가

그 사람 투명인간 만들어 내게 보내주던가
둘 중 하나 택하라 엄명하리

봄바람은 고약타

봄바람 살랑 부니 그 바람에 흔들려
이리저리 헤매다가 당신 만나 웃었다오
고마운 눈인사에 흠뻑 취해 비틀비틀

눈 오다 비 오다 변덕스러운 봄 날씨가
세 살배기 가스나의 변덕인 듯 요란한데
이 변덕 다스릴 사람 오직 하나 당신뿐

무작정 좋아한 벌 무지무지 하다기에
무조건 벌 달게 받겠다는 여인의 바보 마음
당신이 헤아리지 않으면 어찌하라고

주고받는 마음속에 끈끈한 정 흐르건만
볼 수 없는 간절함을 뉘라서 알아주나
무심한 찬바람만 구름 몰고 떠다니네

구름하고 찬바람이 아무리 天緣인들

생각 속에 숨을 쉰들 갈증만 더 느끼네
아서라 보채지 말고 무조건 기다리라네

더러운 정 키우지 않겠다 다짐했는데
불쏘시개 집어놓고 성냥 그어댄 당신
무심한 당신 심장 성분 몰라 갸우뚱

사랑과 바람

사랑이 무어냐 물으신다면
술이 무어냐 물으신다면
취할수록 아파지는 통증이라 말하리
그러나 그대들이 없다면
인생이 무미건조해 재미없노라 투정하리

애달픈 사랑이 계획적으로 괴롭히길레
홧김에 속상해 북한강에 흘려보냈더니
북한강과 남한강이 서로 만나
정분 나누는 양수리 물풀에 걸려
두 강을 질투해서
주워 혼내주고자 물속에 발 담그니
매서운 강바람 발목 잡고 늘어져
오도 가도 못하는 붙박이 신세 되었네

바람이 무어냐 다시 묻거들랑
철 따라 변하는 변덕쟁이라 말하리

봄 바람 살랑살랑 여인의 치마폭 들추고
여름 바람 시원하게 농부의 땀방울 훔치고
가을 바람 흔들흔들 나뭇잎 춤추게 하고
겨울 바람 추워서 외투깃 세우게 하잖아요

이 바람 저 바람 다 좋은 바람인데
황혼의 바람은 애달프기 그지없어
어쩌다 바람끼리 공중에서 들러붙어
짧은 행복 긴 여운 만들고자 안달이네

면상에 나타난 그리움 조각

중천에 혼자 노니는 달에 취하여
달빛 더듬으며 옛 생각에 잠겨보네
지난 영화 연연하지 말라 호통치는 달
둥근 얼굴의 고약한 서릿발에
제발 좀 봐달라 두 손 모아 빌었다오

괘씸죄 물고 내랴 오는 잠 쫓아버려
어둠 더듬으며 다리아랫소리해도
시절에 대한 지치지 않는 그리움
여인네 달거리처럼 반복되어
새벽 헤집으니 피고름만 고이네

사랑은 데칼코마니

사랑은 데칼코마니
주는 만큼 받으면 탈이 없는데
시소게임이면 이별도 없는 건데
미련한 인간들이 줄다리기로 착각하다
어느 순간 놓치고 평생 후회라
후회 없는 사랑하고자 몸부림치니
주책없다 웃어넘기는 고약한 심술
사랑은 데칼코마니라 암기시킬라요

사랑은 왕복 차선이 필요해

떠나기 싫은 겨울 하루 내내 훌쩍거려
멈추라 호령하니 햇살 가득 바람 쌩쌩
사랑이 외길임을 인제야 알았다오
그 사람 향해 가는 가슴 저린 내 사랑이
내게 오는 그 사람 길 막을 줄 몰랐네
사랑도 왕복 차선 필요함을 겨우 알고
길 닦으랴 허둥대니 해님이 웃고 있네
지나가는 저 바람 혼자 가려 하지 말고
애달픈 내 사랑 그 임에게 전달하게

여인 꽃

이왕 붙은 싸움 끝까지 가려고
혼자는 절대 벌어질 줄 모르는 꽃
봉곳한 잔등에 선홍빛 꽃망울
오직 누군가의 입술로만 벌어지는 꽃
맨드라미 꽃 같기도 하지만
닭 볏 같기도 하고
이 꽃을 매도하는 자 어느 벌로 다스리랴?

함부로 지껄이지 마시게
밤말은 쥐가 듣고 낮말은 새가 들어
자기 꽃도 제대로 피우지 못하면서
일 이 삼 사 넘보는 빈 껍데기들
어디서 함부로 허언을

그리움

4월 가더니 5월까지 가버렸네
랑데부 신청한 지 석 달 열흘 지났건만
멀리 있는 그 임은 여전히 감감 무소식
차라리 세월 잡아 문설주에 달으리

받아도 아픈 것이 줘도 아프더라
못 받으면 애달프고 받아도 두렵더라
아프고 애달프고 두려운 고약한 정
없으면 심심하고 있어도 외롭더라

이런 사랑은 싫어

서로의 가슴에 자리 잡은들

만질 수 없는 사랑

들을 수 없는 사랑

볼 수 없는 사랑

생각하면 안타까운 사랑

느끼면 애달픈 사랑

잊을라니 미련 생기는 사랑

방치하자니 억울한 사랑

모른 체 하려 하니 상사병 생길 사랑

하지 않으려 하니 외로움 안겨주는 사랑

치외법권 지역에 들어가

얄미운 웃음 보내는 사랑

완전한 사랑 하고자 몸부림치니

어리석다 호통치며 하느님이 웃더라

꽃잎과 그리움

꽃잎아 날리지 말아라

바람이 그리움 말리러 오다가

네 향기에 취해

본분 망각하고 돌아갈까 무섭노라

꽃잎 넙죽 받아먹는

호수는 은빛으로 빛나고

지천에 널려있는 꽃잎은 밟히면서도 싱글벙글

임이시어

떨어지는 꽃잎의 수를 헤아려주소

그것은 여인의 그리움 방울이라오

마음 서방

K 서방 L 서방 흔한 서방 다 제치고
꿈속에 잡은 서방 마음 서방 P 서방
그 서방 그리워 긴 여름 보내려니
여인네 벌써부터 마음 몸살 지겹네

오는 둥 마는 둥 잠시 쉬어간 빗소리
그것도 비라고 개나리 활짝 웃고
늘어진 수양버들 초록으로 단장한
몰골은 오뉴월 소 젖통 꼬락서니

바위 틈 철쭉도 뒤질세라 얼굴 내밀어
멀리 아지랑이는 황사란가 방사능이란가
개나린지 산수윤지 국적 불명 노랑꽃이
오가는 길손들 눈동자 잡아당기니

벚꽃도 잘났다고 한 송이 피어나고
살구꽃도 뒤질세라 서둘러 개화 준비

백목런 으스대며 고개 빳빳이 들고
부는 바람 휘어잡고 고운 자태 뽐내네

난쟁이 민들레도 덩실덩실 춤추는
봄, 봄, 봄이라네 마음 서방 P 서방
이렇게 어느새 계절은 봄 배꼽이라

난쟁이 쑥 나무 여전히 생글생글
왜나막신 비웃으며 힘차게 기지개라
히로시마 원폭에도 살아남은 목숨이라
다른 풀 깨우고자 정신없이 아우성

여기저기 푸른 새싹 봄노래 한창인데
40도 고열에 시달리는 정 많은 여인네
이 열병 고칠 사람 오직 당신뿐이오
하시라도 잊지 말고 명심 명심 또 명심
마음서방 P 서방 여인이 명령하오

이파리 순정

마당 귀퉁이에 철쭉이 피니
장미도 덩달아 꽃망울 터트리네
이게 무슨 조화인가
아무리 따뜻해도 봄은 아니건만
노망한 날씨에 미친 식물들

잎 다 떨구고 알몸으로 달려있는 은행알
어쩌자고 서둘러 잎만 떠나 보냈나
썩고 싶어도 그리 못하는 낙엽은
사람들에 밟히면서 신음하고
나무에 기어오르는 담쟁이넝쿨은
저 혼자 살겠다 발버둥인데
그리말라 할래요 네가 산 만큼 나무는 죽는다고
나무의 진을 빨아먹는 너는 좋을지라도
앙상하게 겨울 보내는 나무는 힘들다고

차라리 내게 붙어 인생 고난 빨아 먹으라고

마당의 감나무도 은행나무도

열매만 대롱대롱 하늘 보고 웃고 있어

네 심술 내 심술 몽땅 뭉쳐

흔들어 떨어뜨릴까 열심히 고민

열매 실하라 서둘러 내려앉았노라 눈 흘기며

바람 따라 떠다니는 이파리 순정

제3부
여행

기차여행

서울발 9시 20분 부산행 열차가
10시 15분에 OO에 머물더라
넓은 들은 논 속에 잠들어 있고
언덕 위의 교회당은 추위에 떨고 있고
검은 소나무는 눈 위에 더 검어 보이고
눈 쌓인 역은 앙상한 철로뿐인데
기차는 눈 속을 미끄럼타듯 움직이네

술에 취한 전봇대 비스듬히 서 있고
냇가 새 발자국 옆에 내 흔적 남기고 싶어
새랑 같이 걷다 함께 날고 싶은 마음
강물은 아직 얼지 못하고 훌쩍이고 있고
가고 오는 세월 따라 우리도 그렇게 살기를
바닥을 긁어내는 포크레인이 그리움까지 뒤범벅
만드네

들판 어딘가에 그 사람 웃음도 묻어있으련만

갈 길 바쁜 기차는 움직이고

서러운 내 마음도 기차 따라 떠나네

철로 위의 동그란 자동찻길은 어디까지 가는가

그 사람 집 앞을 지나는 거면 내 마음 싣고 가다오

삼척 기행

촛대바위 날카로움
그 사람 성질 같아 쓴웃음 삼켰지만
출렁이는 바다는
모든 것 품을 줄 아는 너그러움이
삼척의 바다는 많은 이야기 안고
글쟁이 호기심 달래주더라

싸한 밤공기에 뜨는 달빛
흥얼대는 즐거움에 춤추는 파도
구름 사이 작은 별에 그리움 박아놓았어.

글쟁이는 거짓말 천단이라 죽어 죄가 더해진다니
염라대왕 독대하여 법 고치라 청원하려오
호랑이보다 무서운 것이 곶감이라면
해보다 무서운 것은 구름이고
무엇보다 무서운 것은 나를 흔드는 그 사람

구름 찢고 나오니 하늘은 피투성이

해가 눈멀어 수평선 찾아 헤매다 중천에 떠올라

일출 보겠다 서성이는 사람들 허망한 마음 모르쇠라.

목청 좋은 사내 소리를 삼키지 않는 바다

때로 서로 안고 용트림해도

하얀 거품으로 사라지는 파도

무엇을 깨버리고자 저리 노해 안달인가

모순덩어리 인간사 으깨려는 몸부림

송년 산행

간다는 년도 밉고 온다는 년도 미운 날
우중충한 하늘빛이 마음에 들지 않네
어디선가 세월 보내는 소리 어렴풋이 들리는데
앙상한 나무들이 범벅인 북한산 줄기
자박자박 발자국 가는 길 재촉하니
길 위 눈들이 요란하게 웃더라

오솔길 걸으니 여기저기 숨은 눈의 으름장
산악인 영혼의 안식처인 영봉
누구의 혼령이 여태 이곳에 머무르나
이승 싫다 떠났으면 혼령도 함께 가지
멀리 주변산의 아름다운 봉우리에 취한들
형태 없는 영혼은 그저 바람이어라
지나가는 슬픔이어라

겨울 산의 쓸쓸함을 인생 황혼의 삶과 견주랴
흩뿌리는 눈 잡고자 손 내밀어도 빈손

멀리 있는 그 사람 마음잡고자 휘저은 손도 빈손

이래저래 인생살이 빈손의 연속이네

불곡산장

차가운 사랑 뜨거운 사랑 모두 같은 사랑인데
어느 넘은 화상이고 어느 넘은 동상인가
그놈의 고약한 사랑 누굴 위한 형벌인가

기약 없는 아픈 사랑 아까징기 발라 치료하고자
동네 약국 다 돌아도 그런 약은 없다 하니
만금애 그 약 만들어 특허나 받을라요

을씨년스러운 날에 불곡산장 찾았는데
반기는 이 하나 없어 적막강산 외롭더라
안개 속 불곡산이 서운타고 발목 잡네

우뚝 솟은 저 봉우리 누굴 위해 그리 서서
긴 목 빼고 무심한 철길만 바라보나
오실 님이라면 진즉 오셨을 것이니
인제 그만 고개 숙이고 내일을 기약하세

노랗게 물든 은행잎 따 원앙금침 만들어

임 오시걸랑 깔아주마고 바람결에 소식 띄우게

머나먼 천 리 길이라 바람이 게으름 피우면

바람 볼기 찾아내서 힘껏 매질하세나

소양강 처녀

가는 사람 오는 사람
기차는 쉬지 않고 움직이는데
꽃다운 나이로 간 사람은 왜 돌아올 줄 모르나
소양강 처녀는 가지 않는 세월 붙안고
영원한 열여덟이라
종아리까지 내놓고 오늘도 떠난 님 기다리는데
가신 님은 소식 없어 애만 태우네

넘치는 물로 곳곳에 눈물 흔적 요란한데
그녀는 시종일관 무표정이라
세월 이기고자 표정 없이 지낸 듯하나
어제의 친구는 이미 머리 허옇게 변했다네
그래서 동무 자격 상실했다고
외롭긴 너나 나나 마찬가지
불로장생이 주어진 복만은 아니라고
그녀에겐 영원한 천형이라고

소양강 물보라 훔치러 갔다가

기슭에 버려진 슬픔만 줍고 왔네

무섭게 흐르는 강

그 속에 미련이나 동무해 갈 것이지

느린 안개가 서서히 피어나는 곳

29살에 세상 싫다고 가버린

김유정이 말없이 반겨주네

그의 슬픈 사랑이 가슴을 후비니

싫다 앙탈한들 이미 전염된 상태

몹쓸 놈 아픈 사랑 혼자나 즐길 거지

하필이면 내게 유산으로 남겼어.

훗날 그를 만나면 죄 엄히 물어 다스리리

문경새재의 아침

옛 선비의 눈물 고인 고갯길은 오늘도
무심히 흐르는 개울 따라 뻗어 있네
급제 눈물 낙방 눈물
이별 아쉬운 작부의 눈물 범벅이던
주막은 간 곳 없고
구슬픈 노랫가락이 발길을 잡아

물안개 밤에 안겨 개울을 채우고
달이 구름과 장난질하는 달콤한 모습
누군가 떠나보내기 싫어 개울에 갇혀 울고 있는 안개
그 안개 잡겠다고 뛰어다니는 악동들 모습

땅에서 기어가는 벌 한 마리
누구에게 날개 주고 이리 고생하는가?
그 사람이 달란다고 날개조차 떼어주는
어리석은 사랑
주고 싶어 그랬다는데 어찌 탓하랴

그놈의 사랑이 나처럼 아둔하니
남은 것은 가슴앓이뿐

하염없이 흐르는 물아 어디까지 가느냐
나만 흘려보내지 말고
그 사람도 같이 흘러 보내주시게
그래야 남은 인생 즐겁게 살지 않겠나
잠자는 사랑 일깨웠으면 뒷감당도 그사람 몫
호박꽃 천변에서 활짝 웃는 아침
꽃 속에 잠시 머무는 나비야
내 마음에 앉았다 그 사람에게 날아가
애달픈 내마음 전해다오

삼악산에서

삼악산 바위에 님의 얼굴 그려놓고
그 얼굴 만지려니 소나무가 말리더라
어차피 그린 그림 봄비 보고 만지라지

의암댐 속 물고기는 왜 항상 그 자린가
꼬리 잘린 슬픔 때문에 그 곳을 못 떠나는가
오가지 못하는 신세 한탄하여 고집 중

대둔산

북한(산)군과 관악(산) 양이
통정해서 만든 산물
수락(산)이 질투하여
멀리 내다 버린 것이라네
설악(산)과 월출(산)이
서로 사모하고 애틋해 하니
신 신령이 오가며
그리움 달래라고 만든 산이라네

백두산을 만지고

요란한 구름의 향연
세찬 바람의 질주
하늘보다 파란 천지
순간을 다투며 모양새 바꾸는
구름의 변덕에 한기를 느꼈어.
손을 내밀면 잡힐 것 같은 구름
손을 뻗으면 닿을 것 같은 북한 땅
앞에서 어른거리면서 손 잡아줄 줄 모르는 임처럼
잡히지도 만지지도 못하는
서글픈 외사랑이 북한 땅이더라

순간순간 밀려오다 말없이 모습 숨긴 구름 덩어리
자유 자재로 모양 바꾸며 무섭게 다가오는 구름
골짜기는 안개로 넘실대지만
환하게 웃으며 환영해준 천지
엉성하고 키만 큰 싱거운 자작나무
추위에 움츠러들어 더 크지 않겠다 고집하는 사스

레나무

　주변은 화산가스가 식물을 고사 시킨 곳이더라

　주변 경관의 신비함과 장엄함은
　신의 창조물 중 단연 으뜸
　가까운 길 두고 멀리
　중국으로 돌아가는 길이 여전히 안타깝더라
　세상을 원망하랴,
　김가를 원망하랴, 이 씨를 원망하랴, 아니면 박가를
　누군가의 농간으로 나뉜 백두산
　물 위에 금 그어놓고 네 땅 내 땅 따진들
　돌아오는 것은 허허 뿐

　장백폭포 물길은 무엇이 바빠
　저리 급하게 내려오나!
　가다 길 잃거든 눈 감고 한강까지 오시게
　자네에게 알몸 담그고 첨벙거릴 것이야.

누군가 심하게 뒤통수 잡더라도
과감히 뿌리치고 그냥 오시게
뭉게구름 동무하여 주유천하 하시게

천지가 허리춤 잡고 늘어져도 눈 흘겨 뿌리치고
어차피 조물주도 물길은 어찌하지 못하거늘
사람이 사람을 좋아하는 흐름도 막지 못하거늘
어차피 넘치는 물 어디 가건 내 맘이라 호통치시고
뜨거운 바위가 위협해도 뿌리치고

뜨겁다고 다 열정적 사랑은 아니라네
때로는 분노가 더 뜨겁다 설명해주시게

두만강 풍경

두만강 흙탕물에 발동선 띄워놓고
오고 가는 한국인들 감정 샘 자극하여
제 실속만 채우는 연변 동포 고약타
어찌해 북녘땅은 아직도 붉으당가

7십 년 하세월에 모양은 변함없네
날 세운 설전 속에 숨어 우는 이념 부스러기
약한 조국 원망한들 새삼스러운 바보짓
어찌해 통일의 길은 여전히 묘연하네

윤동주를 만났어

윤동주 생가 찾아 용정 들판 뒤졌건만
적막한 마당에 울고 있는 언어 조각
구천을 헤매고 있는 동주 시심 애달타
어떻게 야욕 상태인 왜놈들을 다스리나

공동묘지 한구석에 드러누운 요절 시인
그리 빨리 가려거든 시심이나 날 주고 가지
길가의 코스모스는 서럽도록 선명한데
어쩌다 주검조차 이국 땅에 묻힌 신세

북쪽 아씨

북쪽 아씨 고운 자태 가무까지 일품이라
그려 만든 웃음 속에 숨어 우는 서러움들
화려한 춤사위도 납인형의 형상이라
어쩌다 이리 뽑히어 웃음 바르고 눈물 짓나

흘러간 옛노래가 가슴을 후벼 드니
관객의 덩실덩실 춤도 서러워 못 보겠네
넘나드는 아리랑고개 너무 높아 엉거주춤
노래는 한 노랜데 느낌은 완전 반대라.

고향 방문기

넓은 들은 곡식 익어가는 소리 요란하고
평상심 찾은 고속도로 귀경을 재촉하네
쉬운 사랑 찾아 서둘러 길 떠나려는데
묵은 옛 사랑이 발목 잡고 놓아주지 않으니
이 노릇을 어쩐다냐
그러나 돌아갈 수 없는 과거처럼
그 사랑도 먼 추억 부스러기가 돼버렸어.

앞에서 웃고 뒤에서 우는 것이 현명한 세상살이라
슬픔과 기쁨 누구 힘이 더 센가 겨누어 볼라네
세상에 미련한 게 해웃값으로
사내 마음 욕심내는 것임을 예전에 몰랐어
그까짓 무색 무미 무취의 마음이 무에 그리 좋다고
칭얼대는 바보 마음에 지나가는 바람이 낄낄낄

어렵사리 잡은 세월 문고리에 묶어놓고
오가는 귀성객에 잡아달라 사정해도

아무도 알은체 안 하니 화내고 가는 세월

구름 속 달은 둥근 들 보이지 않고
밝은 들 비추지 못하니 쓸모없음이라
추석이라 고향 찾아갔다가 고생만 죽어라 하고 돌아왔다오
어쩌다 여자로 태어나 명절과 박터지게 싸움질
곳곳에 널려있는 해안도로만 지금도 눈 속에서 놀고 있네

백담사

만해의 애국심이 빛바랜

흑백사진 되어 머무는 곳

누가 그를 그곳에 두었고

누가 그 원흉들을 그곳에 가두었나

다람절에서

행여 그곳에
날 버리고 떠난 젊음이 숨어 있으려나
불원천리 숨 가쁘게 달려갔다가
눈 뒤집고 살펴도 찾을 길 없어
멀건 호수만 보고 돌아왔네

봄인지 가을인지 애매한 날씨에
양달에서 웃고 있는 뱀딸기 노란색이
개나린 줄 알고 화들짝 놀랐어
올려다보니 빨간 감들이 대롱대롱
이파리 내려보내고 웃고 있네

암자 뒤에 늘 푸른 소나무들 으스대고 서 있지만
높은 산 중턱에 홀로 앉은 암자는
적막을 등에 업고
무심한 바람 소리만 삼켜버리네

조작된 전설인지 흘려든 낭설인지
유서 깊은 절이지만 인적 드문 외로움에
날마다 흘린 눈물이 대청호 되어버렸네
절벽에 매달려서 현암사라 했다네

설총 아비가 하룻밤 풋사랑 그리며
흘린 통한의 눈물 자국으로 패인 구멍이 군데군데
어쩌다 한 번 맺은 야속한 인연
사내놈 덧없는 풋사랑에 멍든 여인의 오욕은 슬픔
두고두고 오늘까지 아픔 되어 들먹여지네

불암산

관악산 새끼 거북이가 날 찾아와

먹이 찾아 불암산 간 엄마 찾아달라기에

그 흔적 만지고자 불암산 갔네

어미 거북이 산 오르다 발목 삐어 주저앉아

하세월 끙끙거리며 일어설 줄 모르네

육중한 몸무게 이기지 못해 중턱에 누워 있더라

목 길게 늘이 빼고 기다리는 새끼 생각에

마음은 관악으로 이미 달려갔지만

삔 발목 고칠 수 없어 불암에 머물고 있네

푸르름과 맑은 공기 잔치에

마음속이 어 시원타 환호

바위의 이름이여 내가 붙이면 그만이지만

하늘의 구름은 자연의 조화로다

흐르는 구름의 변화무쌍을

어찌 감히 운운하랴 언감생심

쥐바위 나더러 악수하자 하는데
새소리 음미하다 지나치고 말았어
바위에 뿌리 내린 작은 소나무
천년을 주마고 약속하는데
백 년인들 기약 없는 우리네 인생이
오늘도 허둥지둥 시간 지우고 있어

웃음 줍고자 불암산 갔다오
산 이름 가운데 글자만 알로 바꾸면
그곳이 웃음 천국임을 어찌 모르랴만
능력 밖이라 그냥 그렇게 부를라요
불알산이 아니라 불암산이라고

영월의 김삿갓

구름속에 그 사람 숨기고 걷히지 말라 기도해도
바람이 질투해 구름을 찢어비리네
사랑에 눈 먼 질투는 삼라만상의 공유물
김삿갓의 허기진 욕망에 잠시 주춤하고 읊어보네

이보시게 병연 친구 전생에 자네의 벗으로
습한 곳 찾아 헤맨 지팡이가
속 좁은 아녀자로 환생해
자네의 시상 훔치고자 이리 몸부림치니 도와주시게
자네가 모든 속세의 욕망 인연 버린다고
자네의 죄가 사라짐은 절대 아니네
자고로 인간이란 속절없는 탐욕 만나면
어떤 날카로운 이성도 무디어진다고
자네의 조상은 자네의 풍류를 더 사랑했음일세

어차피 난세에 이기는 자가 충신이고
역사는 충신의 공적에 초점을 맞추니

죽어 저승에서 만나 선친의 변명을
들어줄 때가 되지 않았나 묻는 중일세

하늘의 구름은 가고싶은 데로 가는 게 아니라
바람의 변덕 따라 모양새 바꾼다고
삿갓으로 하늘을 가린다고
하늘이 없어지지 않음을
모를 위인이 아니거늘
조상의 비굴은 원죄가 아니라고
혼이 있으면 작금의 상태를 내려다 보시게나
자네의 선친은 평범한 인간이라네

바위 속에 전신 숨기고 손만 내놓은
자네의 서러운 분노를 지켜본 지팡이를 보시게
이손저손 다 잡아도 오로지
자네 사랑뿐인 지팡이의 일편단심
그 마음 고스란히 이어받은

나의 외로움은 따 논 당상
잘린 시상 때문인가

휑한 눈망울에 서린 고약한 한일랑 버리고
이제 그만 편안히 눈 감으시게
그리고 내가 벗긴 삿갓 주을 생각일랑은
행여 하지 마시게나.
하늘 마주보지 못한
자네를 애틋하게 여겨
삿갓 벗긴 사람의 마음도 헤아리시게

사랑은 왕복 차선이 필요해

초판 1쇄인쇄 2021년 7월 29일
초판 1쇄발행 2021년 7월 30일

저 자 민금애
발행인 박지연
발행처 도서출판 도화
등 록 2013년 11월 19일 제2013 - 000124호
주 소 서울시 송파구 중대로34길 9-3
전 화 02) 3012 - 1030
팩 스 02) 3012 - 1031
전자우편 dohwa1030@daum.net
인 쇄 (주)현문

ISBN ㅣ 979-11-90526-44-9 *03810
정가 10,000원

도화道化, fool는
고정적인 질서에 대한 익살맞은 비판자,
고정화된 사고의 틀을 해체한다는 뜻입니다.